AL OTRO LADO DE LA BAHÍA

A mi madre, que hizo milagros para educar a seis hijos sola.
A Brenda, Carmencita y Puerto Rico, el lugar mágico donde crecí.

Título original: *Across the Bay*
Publicado por acuerdo con Dystel, Goderich & Bourret LLC a través de International Editors' Co.
Primera edición: marzo de 2021

© 2019, Carlos Aponte
© 2022, Penguin Random House Grupo Editorial USA, LLC.
8950 SW 74th Court, Suite 2010
Miami, FL 33156

Ilustración de cubierta: © 2019, Carlos Aponte

ISBN: 978-1-64473-249-6

Impreso en México / *Printed in Mexico*

22 23 24 25 26   10 9 8 7 7 6 5 4 3

AL OTRO LADO DE LA BAHÍA

TEXTO E ILUSTRACIONES DE CARLOS APONTE

Carlitos vivía en el pueblo de Cataño. Desde su casa veía, al otro lado de la bahía, la ciudad de San Juan. En el patio había muchos árboles: de aguacate, de plátano, de mangó. Mirar la ciudad desde las ramas del árbol de mangó era lo que más le gustaba.

La mayoría de
las familias de Cataño
lucían más o menos igual,
pero la de Carlitos era
diferente.

Carlitos vivía con su mamá, Doña Carmen, con Abuela y con Coco, su gato. En todas las habitaciones había azucenas, que eran las flores favoritas de Abuela.

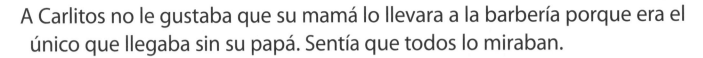

A Carlitos no le gustaba que su mamá lo llevara a la barbería porque era el único que llegaba sin su papá. Sentía que todos lo miraban.

—Buenos días, Doña Carmen —los recibió el barbero.

—Buenos días, Francisco, solo un retoque para mi nene guapo.

Carlitos siempre se sonrojaba.

—Estaré en el salón de belleza —le dijo su mamá—. Si terminas pronto, mira a todos lados antes de cruzar la calle.

Carmen le pagó al barbero, le lanzó un besó a Carlitos y salió apresurada.

De regreso a la casa, le preguntó a su mamá:

—Mami, ¿dónde está papi?

—Carlitos, tu papá vive al otro lado. A veces algunas cosas no funcionan, pero quiero que sepas que tu abuela y yo te amamos mucho. Te sientes feliz con nosotras, ¿verdad?

Carlitos estuvo de acuerdo, era feliz, aunque se sentía diferente porque no tenía papá.

—¿Vamos a la playa mañana? —le propuso Doña Carmen—. Ya verás que nos divertiremos mucho.

Cuando llegaron a la casa, Carlitos buscó en su cajita de madera y, debajo de un montón de tarjetas de peloteros y libros de historietas, encontró la foto de su papá.

—Te voy a buscar, papi —dijo mientras guardaba la foto en su bolsillo.

Buscó una latita donde ahorraba el dinero que Abuela le daba y se escabulló derechito hacia la terminal de lanchas de Cataño con una misión que había pensado bien desde lo más alto del árbol.

Carlitos compró un boleto de lancha y se sentó satisfecho pensando que, hasta ese momento, su plan le estaba saliendo como esperaba. En el cruce de la bahía miró hacia su destino. La ciudad de San Juan se hacía cada vez más y más grande.

El viaje le pareció tan largo como sus esperas en la barbería.

Cuando llegó al otro lado, aquella ciudad era distinta a la que veía desde el árbol. Parecía un inmenso laberinto.

Carlitos se dirigió a la primera persona que vio, una vendedora de piraguas.

—Con su permiso, ¿usted conoce a este señor? —preguntó mostrándole la foto que apretaba en su mano.

—No, pero en la plaza de los gatos hay una señora que conoce a todo el mundo. Tal vez pueda ayudarte. Se llama Casandra —le dijo señalando hacia el horizonte—. Sube por esa calle… La vas a encontrar porque hay muuuuuchos gatos.

Llegó al parque al lado de la Catedral de San Juan y supo de inmediato quién era Casandra.

—Con el permiso, ¿conoce a este señor? —la atajó mostrándole la foto.

—Jummmm —musitó—. A decir verdad, conozco más gatos que personas. El Viejo San Juan es un lugar más grande de lo que parece. No recuerdo haber visto a este señor.

Un poco decepcionado, Carlitos se propuso encontrar a su papá aunque tuviera que recorrer toda la ciudad.

Preguntó en la Plaza de Armas…

En la Plaza de la Convalecencia… En la Plaza Colón… En la Plaza San José…

Nadie conocía a su papá.

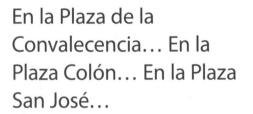

En la calle San Sebastián se encontró con una gran fiesta. Había mucha gente disfrazada como los vejigantes de los cuentos de Abuela. Todos bailaban y cantaban: "Que bonita bandera, que bonita bandera es la bandera puertorriqueña". Al ritmo de la música y las comparsas, Carlitos se perdió en la multitud con la esperanza de encontrar a su papá.

Llegó al extremo más lejano de la bahía. Asombrado, vio al fondo un inmenso castillo asomado sobre la loma. Desde su casa, el Castillo San Felipe del Morro no se veía tan impresionante.

Era el último lugar que le quedaba por recorrer.

—¡Papi debe estar ahí!

Sintió que su alma volaba como una cometa.

—¿Dónde están tus padres? — lo detuvo el guardián del castillo.

—Señor, estoy buscando a mi papá.

El guardián, mirando al niño de reojo, le preguntó:

—¿Cómo es él?

Carlitos fue a buscar la foto en su bolsillo.

—¡Ay, no! —gritó desconsolado.

La foto había desaparecido.

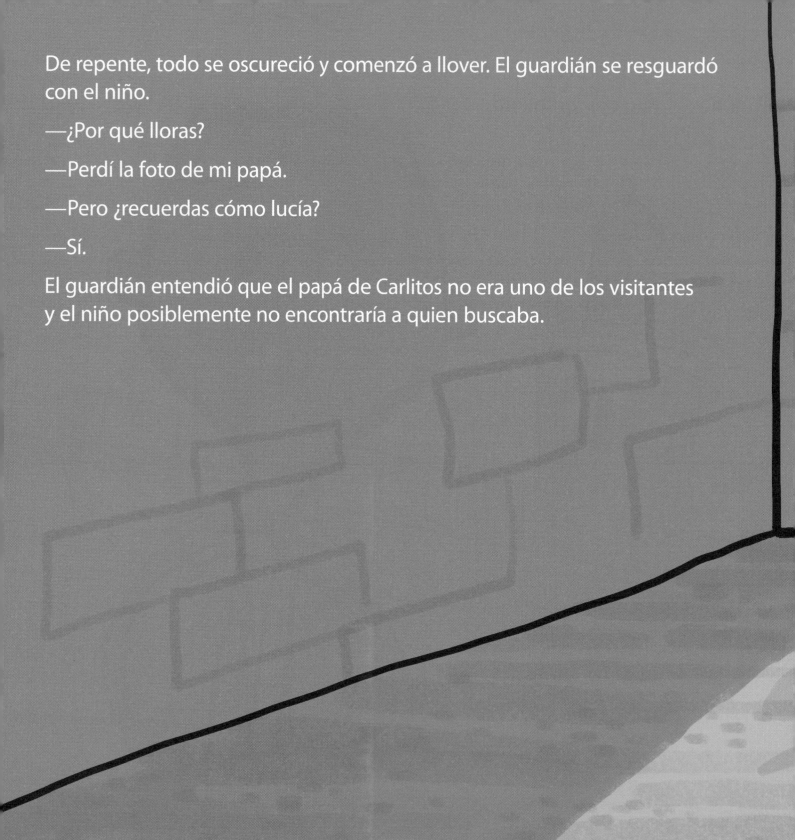

De repente, todo se oscureció y comenzó a llover. El guardián se resguardó con el niño.

—¿Por qué lloras?

—Perdí la foto de mi papá.

—Pero ¿recuerdas cómo lucía?

—Sí.

El guardián entendió que el papá de Carlitos no era uno de los visitantes y el niño posiblemente no encontraría a quien buscaba.

—Si puedes recordar a tu papá, no debes entristecerte. Él siempre estará contigo —lo consoló—. Cuando estés triste piensa en las tormentas: no importa lo oscuro que parezca el cielo, el sol siempre brillará.

Y del mismo modo que comenzó a llover, escampó.
El sol volvió a salir y todo parecía más brillante.

Carlitos se acercó al mar y vio su pueblo en la distancia. Pensó en su mamá, Abuela y Coco. ¿Qué estarían haciendo? En ese momento comprendió que lo que necesitaba estaba en aquella casa, al otro lado de la bahía.

Comenzó a atardecer.

—Azuceeeenaaaassss —cantó un vendedor callejero.

Carlitos compró algunas para Abuela.

Apurado, emprendió el regreso a casa.
Lo que más quería era estar con su
familia, al otro lado de la bahía.